# 아름다운 그리움

등불

# 아름다운 그리움

윤영준 지음

등불

# 권두언

이 글은 애정적이고 찬미적으로 만들어져 있다.

언어의 구조에서 소통언어(대화식 언어)와 코드언어(컴퓨터식 언어)가 있는데 이 글은 소통언어를 강조해 시적으로 쓰여지고 있다.

흥미와 관심에 기울인 운문시와 산문시로 순수하고 깨끗한 표현을 통해 쓰고 있다.

시를 창작하기 위해 노래하는 기분으로 마음을 정리하면서 주변에서 일어난 정감 중에서 놓칠 수 없는 감각을 농축된 표현으로 담고 있고 가사를 만들어 작곡의 단계에 이르도록 체험한 낭만을 적고 있고 아름답고 흥미로운 느낌의 운율을 정감으로 나타내고 있다.

순서대로 표현하면서 비교표현을 하고 있다.

좋은 추억이 떠오르면 재빨리 연상을 하고서 생각한대로 재미있게 낭만적으로 다루고 있다.

마음의 전환을 가져오도록 재촉하면서 리듬전개를 하는 경우가 많아 설명이 없는 간결한 부분이 있으나 종합해보면 애정적으로 사실적으로 감동적으로 느낄 수 있다.

창작의 시기별로 애정표현과 사실표현과 감동표현이 되어 있어서 쉽게 이해될 것이다.

논리설명보다 애정표현과 사실표현과 감동표현이 더 흥미 있으니까 재미있는 글에 속할 수 있다.

수식어가 많아 산만하나 정확하게 사실대로 쓰기 위해 거짓과 위선과 가식을 철저히 버리고 있다.

이 글을 통해 양심이 되살아나고 말과 행동이 아름다워
진다면 무척 도움이 될 것이다.

진실과 양심을 가질 수 있는 위대한 삶을 소망하길 바라
면서 너무 진솔한 표현 때문에 탈선하는 이가 있다면 용서
를 구한다.

대의를 위해 소의를 버리는 아량으로 문학적 이해를 해
주길 바라고 새로운 사실을 알고자 하는 열망으로 인간관
계의 어려움을 극복하면서 서로 포용하게 되길 바란다.

# 목 차

자유시

## 날고 싶은 그리움

평화 평화,
자유롭게 날 수 있는 평화,
어찌나 감미로운 사상의 맛인지,
언제나 내 곁에 있다면,
나는 그 속에서 즐겁게 살고 싶소.
자유 자유,
힘있게 우리를 불러주오.
비상하는 순간,
저절로 꿈은 이루어져 행복감에 젖을 거야.

평화 자유,
우리에게 사랑을 남기고,
우리의 마음을 너무나 설레게 해,
거룩한 교제를 그치지 말면,
언젠가 사모하는 심정을 토로하리라.
평화 자유,
더 멀리 멀리 날거라.
비상하는 순간,
아름다운 구경을 재미있게 할거야.

# 어느 날인가

나도 모르게 밀려오는 바람은,
소스라치게 놀라게 해.
자꾸 생각나는 그대의 모습은
무엇을 의미할까?
어찌나 사납게,
몸부림치는 자신의 놀랜 모습에 그만 지치네.
어느 날에 어느 날에,
놀랜 가슴에 두근두근 떨리고 말아.
그러나 한줄기 빛이 나를 감싸,
위로와 평화를 가져다주네.

거칠게 밀려오는 매서운 바람은,
오로지 독특한 소리를 내면서.
여기 저기 돌아다니다가
무섭게 찾아올까?
참으로 괴로워,
가까스로 몸을 추스르고 자신에게 물어보네.
어느 날에 고된 날에,
혹독한 시련을 떨쳐버리고 싶어.
평안하게 마음을 진정하니까,
행복과 평화를 가져다주네.

## 아쉬운 님아

너는 왜,
나의 가슴을 몰라주나.
느낌의 잔잔한 미소가 가슴 속 깊이
밀려와
옴짝달싹 못하게 하는 그 무엇이
차마 우리에게 시험과 갈등을 주는 것이 아닌가.
외치는 절규도,
얼마나 세월을 보내야 끝이 올 건가.
아 아름다운 님아,
영원히 아름답게 그대로 존재하길.

그대는 왜,
뜨거운 정열을 피하나.
아주 세상과 담을 쌓고 살지 그래.
무엇에 붙들린 초라한 자신의 상상이.
정말 차디찬 고민과 슬픔을
송두리째 주는 것이 아닌가.
그래도 이슬처럼,
사라지고 말 인생에게 길이 있을 것인가.
오 그리운 청춘아,
그대로 존재해 화폭에 담겨지길.

# 오로지 사랑이 좋아

사랑 사랑 정말 사랑,
사랑하고 또 사랑하고,
해가 떠도 사랑, 해가 져도 사랑
너무나 애틋하게 그리워하다가 구름이 되었을까?
사랑의 모든 비밀이 터지는 순간이 영원하길.
조금만 더 멈추게 공중에 해를 달아놓자.
안개도 이슬도,
모두 녹아버리는 사랑의 힘이여,
언제나 우리 곁을 지켜다오.
느끼고 사랑하고 즐기면서 오로지 사랑할 거야.

사랑 사랑 그리운 사랑,
자꾸 떠오르는 사랑의 흔적이
어쩌나 강렬한지 밤낮을 잊고 만 사랑,
아무리 잊으려해도
잊혀지지 않는 해가 되었을까?
우리의 마음과 몸을 몽땅 녹여 하나의 사랑을 간직하길.
후회하지 않는 사랑의 그림을 만들어보자.

햇빛도 달빛도,
함께 비춰버리는 사랑의 광선으로,
편안히 아늑하게 우리 곁을 지켜다오.
움직이는 사랑의 놀라운 합창이 될 거야.

# 행복해질 때

누구나 꿈꿔보는 희망의 달콤한 행복을,
비슷하게 느끼면서 살아갈지라도,
배신의 유혹에 빠질 위험이 있을지라도,
영원히 간직하고 싶은 향수이리라.
상대방의 모든 것을 감탄하고 마는
철부지가 되리라.
자연의 숨소리에 새벽을 깨울지라도,
밝은 햇살에 눈을 비빌지라도,
생명이 있는 모든 것을 감각으로 승화시키면서,
기쁨에 마냥 즐거워 이리 갔다 저리 갔다 하리라.

아무나 누릴 수 있는 행복의 좋은 감정을,
지혜롭게 다스리면서 유지할지라도,
엄청난 시련의 아픈 상처가 있을지라도,
즐거이 간직하고 싶은 낭만이리라.
만족의 한계가 어디까지인지 모르는 배우가 되리라.
아침의 맑은 공기에 깨어나 숨쉴지라도,
여전히 다가오는 사랑의 그림자일지라도,
환희의 노래를 부르고 찬란한 기쁨을
온 몸으로 승화시키면서,
발을 내딛을 때마다 가볍고 평안하리라.

낭만시

1부

사랑

# 님 따라 길 따라

님 따라 가던 길로 길 따라 가던 길로.
세월은 흘러가고 시간은 흘러가는데.
웃고 우는 인생살이에 주름만 늘고.
반가운 손님은 언제 오나 기다려지네.

님 따라 가던 길로 길 따라 가던 길로.
역사는 흘러가고 시대는 흘러가는데.
웃고 우는 인생살이에 한숨만 늘고.
정다운 손님은 언제 오나 기다려지네.

님 따라 가던 길로 길 따라가던 길로.
권세는 흘러가고 명예는 흘러가는데.
웃고 우는 인생살이에 추억만 늘고.
즐거운 손님은 언제 오나 기다려지네.

님 따라 가던 길로 길 따라 가던 길로.
지혜는 흘러가고 지식은 흘러가는데.
웃고 우는 인생살이에 경험만 늘고.
편안한 손님은 언제 오나 기다려지네.

# 사랑하고 파

너를 사랑하고 파 나를 사랑하고 파.
청춘이여 아름다움이여 소망할 미래를.
돌아서지마, 돌아서지마 아름다운 님아.
멈춰, 멈춰 영원히 사랑해, 사랑해.

너를 사랑하고 파 나를 사랑하고 파.
추억이여 싱그러움이여 소망할 미래를.
도망가지마, 도망가지마 아름다운 님아.
멈춰, 멈춰 영원히 사랑해, 사랑해.

너를 사랑하고 파 나를 사랑하고 파.
연인이여 아리송함이여 소망할 미래를.
물러서지마, 물러서지마 아름다운 님아.
멈춰, 멈춰 영원히 사랑해, 사랑해.

너를 사랑하고 파 나를 사랑하고 파.
애정이여 따사로움이여 소망할 미래를.
지나치지마, 지나치지마 아름다운 님아.
멈춰, 멈춰 영원히 사랑해, 사랑해.

## 너 위해 남 위해

벗고 싶어도 너 위해 벗을 수 없네.
안고 싶어도 너 위해 안을 수 없네.
끼고 싶어도 너 위해 끼울 수 없네
긁고 싶어도 너 위해 긁을 수 없네.

벗고 싶어도 남 위해 벗을 수 없네.
안고 싶어도 남 위해 안을 수 없네.
끼고 싶어도 남 위해 끼울 수 없네.
긁고 싶어도 남 위해 긁을 수 없네.

# 만나고 싶은데

사귀고 싶은 그대여 만나고 싶은데.
그리고 싶은 그대여 만나고 싶은데.
만지고 싶은 그대여 만나고 싶은데.
챙기고 싶은 그대여 만나고 싶은데.

사귀고 싶은 그대여 만나고 싶은데.
기대고 싶은 그대여 만나고 싶은데.
스치고 싶은 그대여 만나고 싶은데.
챙기고 싶은 그대여 만나고 싶은데.

## 사랑하면 좋아하면

사랑하면 좋아하면 하나가 되구나.
기뻐하면 행복하면 바보가 되구나.
동경하면 몰입하면 바보가 되구나.
사랑하면 좋아하면 하나가 되구나.

사랑하면 좋아하면 연인이 되구나.
기뻐하면 행복하면 축복이 되구나.
동경하면 몰입하면 축복이 되구나.
사랑하면 좋아하면 연인이 되구나.

사랑하면 좋아하면 애인이 되구나.
기뻐하면 행복하면 은혜가 되구나.
동경하면 몰입하면 은혜가 되구나.
사랑하면 좋아하면 애인이 되구나.

사랑하면 좋아하면 친구가 되구나.
기뻐하면 행복하면 봉사가 되구나.
동경하면 몰입하면 봉사가 되구나.
사랑하면 좋아하면 친구가 되구나.

# 사랑하세 좋아하세

놀라지 마 놀라지 마 놀라지 마.
돌리지 마 돌리지 마 돌리지 마.
사랑하세 사랑하세.
좋아하세 좋아하세.

질리지 마 질리지 마 질리지 마.
피하지 마 피하지 마 피하지 마.
사랑하세 사랑하세.
좋아하세 좋아하세.

곯리지 마 곯리지 마 곯리지 마.
떠나지 마 떠나지 마 떠나지 마.
사랑하세 사랑하세.
좋아하세 좋아하세.

화내지 마 화내지 마 화내지 마.
지치지 마 지치지 마 지치지 마.
사랑하세 사랑하세.
좋아하세 좋아하세.

## 튀면 튀는 거지

튀면 튀는 거지 누가 보면 어쩌지.
튀면 튀는 거지 친구가 보면 어쩌지.
튀면 튀는 거지 부모가 보면 어쩌지.
날고 싶어 너와 함께 어디나 함께.

튀면 튀는 거지 누가 보면 어쩌지.
튀면 튀는 거지 친구가 보면 어쩌지.
튀면 튀는 거지 부모가 보면 어쩌지.
뜨고 싶어 님과 함께 어디나 함께.

## 사랑은 그런데

영혼의 사랑은 당신 뿐이야. 그런데,
정신의 사랑은 애인 뿐이야. 그런데,
감각의 사랑은 애인 말고도 많은데,
육체의 사랑은 너무 많아 주책이야.

영혼의 사랑은 여보 뿐이야. 그런데,
정신의 사랑은 연인 뿐이야. 그런데,
감각의 사랑은 연인 말고도 많은데,
육체의 사랑은 아주 많아 주책이야,

영혼의 사랑은 임자 뿐이야. 그런데,
정신의 사랑은 애인 뿐이야. 그런데,
감각의 사랑은 애인 말고도 많은데,
육체의 사랑은 매우 많아 주책이야.

영혼의 사랑은 자기 뿐이야 그런데.
정신의 사랑은 연인 뿐이야 그런데.
감각의 사랑은 연인 말고도 많은데.
육체의 사랑은 무척 많아 주책이야.

# 누가 기다리네

가고 싶은 그곳에서 누가 기다리네.
쉬고 싶은 그곳에서 누가 기다리네.
자고 싶은 그곳에서 누가 기다리네.
먹고 싶은 그곳에서 누가 기다리네.

뛰고 싶은 그곳에서 누가 기다리네.
울고 싶은 그곳에서 누가 기다리네.
웃고 싶은 그곳에서 누가 기다리네.
입고 싶은 그곳에서 누가 기다리네.

놀고 싶은 그곳에서 누가 기다리네.
잡고 싶은 그곳에서 누가 기다리네.
안고 싶은 그곳에서 누가 기다리네.
싸고 싶은 그곳에서 누가 기다리네.

날고 싶은 그곳에서 누가 기다리네.
떨고 싶은 그곳에서 누가 기다리네.
놓고 싶은 그곳에서 누가 기다리네.
벗고 싶은 그곳에서 누가 기다리네.

## 사랑하면 누나처럼 형처럼

사랑하면 정말로 용서할 수 있겠지.
미움도 설움도 안개처럼 사라지겠지.
이웃이 누나처럼 형처럼 느껴지겠지.
누구나 그렇게 할 수 없어 할 수 없어.

좋아하면 정말로 포용할 수 있겠지.
미움도 설움도 거품처럼 사라지겠지.
타인이 누나처럼 형처럼 느껴지겠지.
누구나 그렇게 될 수 없어 될 수 없어.

# 사랑 사랑 평화 평화

사랑 사랑 들을수록 신나고 기쁘네.
평화 평화 누릴수록 신나고 기쁘네.
여보 여보 부를수록 정겨워 정겨워.
평안한 가정을 향해 줄기차게 걷세.

사랑 사랑 들을수록 한없이 즐겁네.
평화 평화 누릴수록 한없이 즐겁네.
여보 여보 부를수록 그리워 그리워.
평안한 가정을 향해 끈기 있게 가세.

사랑 사랑 들을수록 편하고 가볍네.
평화 평화 누릴수록 편하고 가볍네.
여보 여보 부를수록 아늑해 아늑해.
평안한 가정을 향해 활기차게 뛰세.

사랑 사랑 들을수록 언제나 찡하네.
평화 평화 누릴수록 언제나 찡하네.
여보 여보 부를수록 포근해 포근해.
평안한 가정을 향해 재미있게 보세.

# 가느다란 줄을 타고

가느다란 줄을 타고 떠도는 미물에서
좀처럼 느낄 수 없는 순한 마음으로.
사랑하고 파 사랑하고 파. 그런데,
가치의 혼란이 오지 않는 사랑으로만.

가느다란 줄을 타고 떠도는 벌레에서.
좀처럼 느낄 수 없는 진한 마음으로.
생각하고 파 더욱 생각하고 파. 그런데,
가치의 혼란이 오지 않는 생각으로만.

## 사랑의 열매

사랑의 열매를 다소곳하게 따고 싶네.
어리광스런 그런 모습으로 노래하네.
그는 모두를 사랑하면서 품고 지내네.
봉사하는 갸륵한 마음이 퍽 아름답네.

사랑의 열매를 다소곳하게 갖고 싶네.
어리광스런 그런 동작으로 손짓하네.
그는 모두를 사랑하면서 안고 지내네.
봉사하는 갸륵한 정신이 참 아름답네.

사랑의 열매를 다소곳하게 먹고 싶네.
어리광스런 그런 행동으로 몸짓하네.
그는 모두를 사랑하면서 품고 새기네.
봉사하는 갸륵한 생활이 꽤 아름답네.

사랑의 열매를 다소곳하게 심고 싶네.
어리광스런 그런 활동으로 노래하네.
그는 모두를 사랑하면서 안고 새기네.
봉사하는 갸륵한 정성이 아름답네.

# 아름다운 사랑

간직하고 싶은 영화 속의 사랑이라도.
세월이 흐르면 잊혀지고 마니 헛되네.
유명한 배우가 사로잡지만 추해 보여.
정말로 아름다운 사랑을 찾고 싶어라.

간직하고 싶은 영상 속의 사랑이라도.
시간이 흐르면 잊혀지고 마니 헛되네.
유명한 미인이 사로잡지만 추해 보여.
진실로 아름다운 사랑을 찾고 싶어라.

간직하고 싶은 그림 속의 사랑이라도.
역사가 흐르면 잊혀지고 마니 헛되네.
유명한 모델이 사로잡지만 추해 보여.
진짜로 아름다운 사랑을 찾고 싶어라.

간직하고 싶은 소설 속의 사랑이라도.
시대가 흐르면 잊혀지고 마니 헛되네.
유명한 인물이 사로잡지만 추해 보여.
실제로 아름다운 사랑을 찾고 싶어라.

# 영원한 사랑

우리는 영원한 사랑을 하면서 살거야.
누구나 그러한 사랑을 할 수 없겠지.
영원한 존재를 만나서 영원히 살거야.
평화와 자유가 있는 사랑으로 영원히.

우리는 영원한 사랑을 하면서 쉴거야.
언제나 그러한 사랑을 할 수 없겠지.
영원한 생명을 만나서 영원히 쉴 거야.
평화와 쉼터가 있는 사랑으로 영원히.

우리는 영원한 사랑을 하면서 놀거야.
간절한 그러한 사랑을 할 수 없겠지.
영원한 희락을 만나서 영원히 놀거야.
평화와 행복이 있는 사랑으로 영원히.

우리는 영원한 사랑을 하면서 잘거야.
편안한 그러한 사랑을 할 수 없겠지.
영원한 진리를 만나서 영원히 잘거야.
평화와 은혜가 있는 사랑으로 영원히.

# 바뀌지 않는 사랑

세상이 바뀔지라도 바뀌지 않는 사랑.
너와 내가 좋아해도 그리 쉽지 않네.
우리 함께 얼싸 안고 덩실 춤을 추네.
나날이 새롭게 다가오는 인생의 향기.

풍습이 바뀔지라도 바뀌지 않는 사랑.
너와 내가 좋아해도 그저 쉽지 않네.
님과 함께 얼싸 안고 덩실 춤을 추네.
나날이 새롭게 다가오는 인생의 정취.

인심이 바뀔지라도 바뀌지 않는 사랑.
너와 내가 좋아해도 그냥 쉽지 않네.
서로 함께 얼싸 안고 덩실 춤을 추네.
나날이 새롭게 다가오는 인생의 훈기.

역사가 바뀔지라도 바뀌지 않는 사랑.
너와 내가 좋아해도 그만 쉽지 않네.
그와 함께 얼싸 안고 덩실 춤을 추네.
나날이 새롭게 다가오는 인생의 정감.

# 다시 태어나도

삶의 아픈 진통을 영원히 잊어버려라.
너랑 함께 한 순간을 영원히 간직해.
빛으로 다시 태어나도 너를 쫓으리라.
즐거운 감정으로 사랑을 노래하리라.

삶의 아픈 고통을 영원히 잊어버려라.
너랑 함께 한 추억을 영원히 간직해.
빛으로 다시 태어나도 너를 따르리라.
즐거운 감성으로 사랑을 노래하리라.

삶의 아픈 번민을 영원히 잊어버려라.
너랑 함께 한 기억을 영원히 간직해.
빛으로 다시 태어나도 너를 안으리라.
즐거운 마음으로 사랑을 노래하리라.

삶의 아픈 고민을 영원히 잊어버려라.
너랑 함께 한 환희를 영원히 간직해.
빛으로 다시 태어나도 너를 품으리라.
즐거운 기분으로 사랑을 노래하리라.

# 사랑해도 부족할 사랑이여

사랑해도 부족할 사랑이여
누구나 함께 누릴 수 있는 특권이여.
자유롭게 지낼 수 있는 특권의 기회.
참 알고 싶은 삶의 의미가 궁금하네.

사랑해도 부족할 사랑이여
누구나 함께 누릴 수 있는 특권이여.
자유롭게 지낼 수 있는 특권의 기회.
참 알고 싶은 삶의 의미가 궁금하네.

# 나도 모르게 떠오르는 그대

마지막의 사랑이 우리를 기다려주네.
언제까지 따르고 싶은 그대의 사랑아.
나도 모르게 떠오르는 그대의 모습아.
행복한 삶이 영원히 머물 수 있을까.

마지막의 기쁨이 우리를 기다려주네.
언제까지 따르고 싶은 그대의 기쁨아.
나도 모르게 떠오르는 그대의 얼굴아.
평안한 삶이 영원히 머물 수 있을까.

마지막의 우정이 우리를 기다려주네.
언제까지 따르고 싶은 그대의 우정아.
나도 모르게 떠오르는 그대의 인상아.
즐거운 삶이 영원히 머물 수 있을까.

마지막의 축복이 우리를 기다려주네.
언제까지 따르고 싶은 그대의 축복아.
나도 모르게 떠오르는 그대의 환상아.
포근한 삶이 영원히 머물 수 있을까.

# 사랑은 남아

사랑과 이별의 순간에도 사랑은 남아
늘 항상 우리 곁을 기쁨으로 채우네.
아, 영원한 사랑이 가슴으로 느껴지네.
즐거운 때가 지나갈지라도 잊지 마오.

사랑과 죽음의 순간에도 사랑은 남아
늘 항상 우리 곁을 희망으로 채우네.
아, 영원한 사랑이 마음으로 느껴지네.
폭신한 때가 지나갈지라도 잊지 마오.

사랑과 고통의 순간에도 사랑은 남아
늘 항상 우리 곁을 감동으로 채우네.
아, 영원한 사랑이 체험으로 느껴지네.
아늑한 때가 지나갈지라도 잊지 마오.

사랑과 슬픔의 순간에도 사랑은 남아
늘 항상 우리 곁을 축복으로 채우네.
아, 영원한 사랑이 생명으로 느껴지네.
포근한 때가 지나갈지라도 잊지 마오.

# 아름다운 사랑아

아름다운 사랑아 시들지 않는 사랑아.
좀처럼 사라지지 않는 포근한 사랑아.
너 믿고 열심히 사는 내 모습이 좋아.
영원한 사랑의 기쁨을 평생 간직하네.

아름다운 사랑아 찌들지 않는 사랑아.
좀처럼 사라지지 않는 행복한 사랑아.
나 믿고 열심히 사는 네 모습이 좋아.
영원한 사랑의 환희를 평생 간직하네.

아름다운 사랑아 지치지 않는 사랑아.
좀처럼 사라지지 않는 은은한 사랑아.
너 믿고 열심히 사는 내 모습이 좋아.
영원한 사랑의 희열을 평생 간직하네.

아름다운 사랑아 외롭지 않는 사랑아.
좀처럼 사라지지 않는 평안한 사랑아.
나 믿고 열심히 사는 네 모습이 좋아.
영원한 사랑의 광명을 평생 간직하네.

# 은은한 생명이여

바람 속에 스치는 은은한 생명이여.
그 소리가 나를 붙잡아 마음을 잡네.
사랑하면 마음의 미소가 스며들겠지.
가득한 사랑의 밀어를 나누고 싶어라.

노래 속에 스치는 은은한 생명이여.
그 찬미가 너를 붙잡아 마음을 잡네.
좋아하면 마음의 환희가 스며들겠지.
가득한 사랑의 신비를 나누고 싶어라.

구름 속에 스치는 은은한 생명이여.
그 모습이 눈을 붙잡아 마음을 잡네.
예뻐하면 마음의 희락이 스며들겠지.
가득한 사랑의 편지를 나누고 싶어라.

자연 속에 스치는 은은한 생명이여.
그 환경이 코를 붙잡아 마음을 잡네.
기대하면 마음의 희망이 스며들겠지.
가득한 사랑의 향기를 나누고 싶어라.

# 바람이 언제 불어올까

그대의 손길을 깊게 느껴보고 싶은데.
그대의 입술을 깊게 느껴보고 싶은데.
뜨거운 숨결의 바람이 언제 불어올까.
차디찬 이성은 나를 돌처럼 바위처럼.

그대의 발길을 깊게 느껴보고 싶은데.
그대의 가슴을 깊게 느껴보고 싶은데.
뜨거운 포옹의 바람이 언제 불어올까.
차디찬 이성은 나를 눈처럼 얼음처럼.

그대의 눈길을 깊게 느껴보고 싶은데.
그대의 하체를 깊게 느껴보고 싶은데.
뜨거운 접촉의 바람이 언제 불어올까.
차디찬 이성은 나를 산처럼 구름처럼.

그대의 감각을 깊게 느껴보고 싶은데.
그대의 마음을 깊게 느껴보고 싶은데.
뜨거운 감정의 바람이 언제 불어올까.
차디찬 이성은 나를 강처럼 바다처럼.

# 언제나 바라보며

사랑의 밀어를 나눌 수 있는 그대여.
언제나 행복하게 바라보며 기뻐하네.
자주 느끼는 기분 좋은 순간을 가지네.
서로 마음을 터놓고 사랑을 나눠보네.

사랑의 교감을 나눌 수 있는 그대여.
언제나 평안하게 바라보며 기뻐하네.
항상 느끼는 기분 좋은 만남을 가지네.
서로 가슴을 터놓고 정감을 나눠보네.

사랑의 약속을 나눌 수 있는 그대여.
언제나 유쾌하게 바라보며 기뻐하네.
곱게 느끼는 기분 좋은 접촉을 가지네.
서로 영혼을 터놓고 대화를 나눠보네.

사랑의 확신을 나눌 수 있는 그대여.
언제나 현란하게 바라보며 기뻐하네.
짙게 느끼는 기분 좋은 감촉을 가지네.
서로 이념을 터놓고 의견을 나눠보네.

## 즐겁게 아름답게

새로운 각오로 우리는 다시 시작하자.
어려운 난관을 극복한 용기로 힘차게.
간절한 소망을 안고 즐겁게 아름답게.
슬며시 찾아오는 그리움으로 사랑하자.

새로운 결의로 우리는 다시 시작하자.
어려운 난관을 극복한 인내로 힘차게.
간절한 소망을 품고 즐겁게 아름답게.
은밀히 찾아오는 그리움으로 사랑하자.

# 그대의 목소리

사랑의 노래가 숨쉬는 그대의 목소리.
어디서나 들리는 듯 다정한 밀어처럼.
나의 가슴에 너무나 깊이 아로새기네.
어찌나 감동스러운지 진하게 와 닿네.

청춘의 노래가 숨쉬는 그대의 목소리.
어디서나 들리는 듯 잔잔한 밀어처럼.
나의 마음에 너무나 깊이 아로새기네.
어찌나 감격스러운지 진하게 와 닿네.

부부의 노래가 숨쉬는 그대의 목소리.
어디서나 들리는 듯 그리운 밀어처럼.
나의 느낌에 너무나 깊이 아로새기네.
어찌나 정감스러운지 진하게 와 닿네.

행복의 노래가 숨쉬는 그대의 목소리.
어디서나 들리는 듯 멋있는 밀어처럼.
나의 체감에 너무나 깊이 아로새기네.
어찌나 열정스러운지 진하게 와 닿네.

# 변하지 않는 사랑

날마다 새로워지는 세상을 바로 보자.
가까이 봐도 멀리 봐도 아름다워.
아름다운 세상을 더 아름답게 꾸미자.
그래도 변하지 않을 영원한 사랑이여.

날마다 그리워지는 세상을 바로 보자.
가까이 봐도 멀리 봐도 평화로워.
평화로운 세상을 더 평화롭게 꾸미자.
아직도 변하지 않는 영원한 사랑이여.

날마다 아늑해지는 세상을 바로 보자.
가까이 봐도 멀리 봐도 부드러워.
부드러운 세상을 더 부드럽게 꾸미자.
돌려도 변하지 않을 영원한 사랑이여.

날마다 즐거워지는 세상을 바로 보자.
가까이 봐도 멀리 봐도 호화로워.
호화로운 세상을 더 호화롭게 꾸미자.
채워도 변하지 않을 영원한 사랑이여.

2부

찬미

## 울고 웃고 노래하고

울고 웃고 싶고 노래하고 싶은데.
꿈꾸고 싶고 사랑하고 싶은데.
바라보고 싶어도 즐기고 싶어도.
흔들고 싶어도 즐기고 싶어도.

울고 웃고 싶고 노래하고 싶은데.
안기고 싶고 사랑하고 싶은데.
새겨보고 싶어도 즐기고 싶어도.
만지고 싶어도 즐기고 싶어도.

## 주고받는 손길

만나자 만나자. 웃어보자 웃어보자.
주고받는 손길 따라 붉게 느껴지네.
주고받는 손길 따라 붉게 느껴지네.
만나자 만나자. 웃어보자 웃어보자.

만나자 만나자. 말해보자 말해보자.
주고받는 손길 따라 희게 느껴지네.
주고받는 손길 따라 희게 느껴지네.
만나자 만나자. 말해보자 말해보자.

# 춤추면서 노래하고

춤추면서 노래하고 미소를 미소를
춤추면서 노래하고 안녕해 안녕해.
춤추면서 노래하고 악수를 악수를
춤추면서 노래하고 포옹해 포옹해.

춤추면서 노래하고 눈빛을 맞추네.
춤추면서 노래하고 가슴을 흔드네.
춤추면서 노래하고 손발을 흔드네.
춤추면서 노래하고 얼굴을 맞추네.

# 인사하면서 노래하면서

인사하면서 미소 노래하면서 짝짝.
공부하면서 집중 사색하면서 쏙쏙.
작업하면서 집중 조작하면서 쏙쏙.
인사하면서 미소 노래하면서 짝짝.

인사하면서 미소 노래하면서 짝짝.
창작하면서 집중 연기하면서 쏙쏙.
운동하면서 집중 경기하면서 쏙쏙.
인사하면서 미소 노래하면서 짝짝.

인사하면서 미소 노래하면서 짝짝.
연설하면서 집중 토론하면서 쏙쏙.
운전하면서 집중 배달하면서 쏙쏙.
인사하면서 미소 노래하면서 짝짝.

인사하면서 미소 노래하면서 짝짝.
취재하면서 집중 얘기하면서 쏙쏙.
판매하면서 집중 선전하면서 쏙쏙.
인사하면서 미소 노래하면서 짝짝.

# 시처럼 새처럼

시처럼 소설처럼 살고 싶은데 뭐지.
새처럼 구름처럼 살고 싶은데 뭐지.
꿈도 그리움도 한 폭의 풍경화일거야.
춤도 즐거움도 한 폭의 인물화일거야.

시처럼 배우처럼 살고 싶은데 뭐지.
새처럼 하늘처럼 살고 싶은데 뭐지.
꿈도 그리움도 한편의 광대극일거야.
춤도 그리움도 한편의 무언극일거야.

시처럼 노래처럼 살고 싶은데 뭐지.
새처럼 안개처럼 살고 싶은데 뭐지.
꿈도 그리움도 한 폭의 창작품일거야.
춤도 즐거움도 한 폭의 디자인일거야.

시처럼 가수처럼 살고 싶은데 뭐지.
새처럼 바람처럼 살고 싶은데 뭐지.
꿈도 그리움도 한편의 가요제일거야.
춤도 그리움도 한편의 오페라일거야.

# 벗님네야

좋은 이웃이 되고 싶은데 마음뿐이네.
친한 이웃이 되고 싶은데 생각뿐이네.
아라리 아라라 사귀고 싶은 벗님네야.
아라리 아라라 손잡고 싶은 벗님네야.

좋은 이웃이 되고 싶은데 기분뿐이네.
친한 이웃이 되고 싶은데 느낌뿐이네.
아라리 아라라 춤추고 싶은 벗님네야.
아라리 아라라 뛰놀고 싶은 벗님네야.

좋은 이웃이 되고 싶은데 관심뿐이네.
친한 이웃이 되고 싶은데 상상뿐이네.
아라리 아라라 흔들고 싶은 벗님네야.
아라리 아라라 껴안고 싶은 벗님네야.

좋은 이웃이 되고 싶은데 감상뿐이네.
친한 이웃이 되고 싶은데 기억뿐이네.
아라리 아라라 오리고 싶은 벗님네야.
아라리 아라라 다듬고 싶은 벗님네야.

## 별처럼 해처럼

반짝이는 별처럼 타오르는 해처럼.
정열의 섬으로 곧 가버리세 가버리세.
순간의 환희가 우리를 부르네 부르네.
날이 저물어 즐거운 노래로 화답하네.

반짝이는 별처럼 타오르는 해처럼.
정열의 섬으로 곧 가버리세 가버리세.
감촉의 희락이 그대를 부르네 부르네.
밤이 지나가 즐거운 꿈으로 화답하네.

# 하늘과 별

겸허한 자세로 하늘과 별을 바라보세.
제발 떠오르는 환상의 집념을 잊고서.
편하고 아름다운 미래를 건설해보세.
나아갈 바를 확실하게 정해 뛰어보세.

겸허한 태도로 하늘과 별을 바라보세.
제발 떠오르는 환상의 기억을 잊고서.
편하고 아름다운 이상을 만들어보세.
나아갈 바를 명확하게 정해 도약하세.

# 쭉 영원히

가고 싶은 먼 고향이여 내 곁에 오라.
쥐고 싶은 가까운 님이여 쭉 영원히.
나의 숨결 속에 머무는 사랑의 향기.
생각나면 일어나 느끼는 사랑의 향기.

가고 싶은 먼 공간이여 내 곁에 오라.
쥐고 싶은 가까운 책이여 쭉 영원히.
너의 숨결 속에 머무는 나눔의 향기.
생각나면 일어나 느끼는 나눔의 향기.

가고 싶은 먼 산천이여 내 곁에 오라.
쥐고 싶은 가까운 힘이여 쭉 영원히.
기의 숨결 속에 머무는 평화의 향기.
생각나면 일어나 느끼는 평화의 향기.

가고 싶은 먼 대륙이여 내 곁에 오라.
쥐고 싶은 가까운 그이여 쭉 영원히.
생의 숨결 속에 머무는 행복의 향기.
생각나면 일어나 느끼는 행복의 향기.

## 철부지 어린아이야

마음껏 놀고 싶은 철부지 어린아이야.
퍽 시절이 좋아 빨리 자라면 기쁘지.
귀엽고 예쁜 아이들을 껴안아 주고 파.
나날이 자라나는 사랑하는 아이들아.

마음껏 뛰고 싶은 철부지 어린아이야.
꽤 시절이 좋아 빨리 자라면 기쁘지.
귀엽고 예쁜 아이들을 보듬어 주고 파.
나날이 성장하는 사랑하는 아이들아.

# 가냘픈 소녀의 기도

가냘픈 소녀의 기도가 마음에 다가와.
넌즈시 미소짓는 순결한 아름다움으로.
슬며시 우리에게 너무나 감동을 주네.
조용히 생각하고 생각해도 평안해지네.

가냘픈 소녀의 기도가 영혼에 다가와.
넌즈시 미소짓는 순수한 아름다움으로.
슬며시 우리에게 너무나 희열을 주네.
고요히 생각하고 생각해도 평안해지네.

# 노래하는 그대

노래하는 그대 모습에 환한 광채까지.
즐거운 세상에 심취할지라도 잠시뿐.
언제나 환하고 밝게 떠오르는 해처럼.
우리는 영원히 함께 해야 할 친구야.

노래하는 그대 환영에 빛난 반사까지.
행복한 세상에 도취할지라도 잠시뿐.
언제나 빛나고 높게 떠오르는 별처럼.
우리는 영원히 함께 해야 할 님이야.

노래하는 그대 얼굴에 예쁜 미소까지.
즐거운 세상에 젖어볼지라도 잠시뿐.
언제나 예쁘고 엷게 떠오르는 달처럼.
우리는 영원히 함께 해야 할 부부야.

노래하는 그대 입술에 빨간 자국까지.
즐거운 세상에 어울릴지라도 잠시뿐.
언제나 빨갛고 짙게 떠오르는 불처럼.
우리는 영원히 함께 해야 할 배우야.

# 은혜로운 낙원 안에서

미움이 사라진 은혜로운 낙원 안에서.
고통의 아픔을 씻어버리고 춤을 추네.
아름다운 반주에 따라 노래를 부르네.
저주와 절망을 극복한 행복의 찬미를.

슬픔이 사라진 은혜로운 낙원 안에서.
고통의 아픔을 잊어버리고 춤을 추네.
부드러운 반주에 따라 노래를 부르네.
저주와 절망을 극복한 평화의 찬미를.

원망이 사라진 은혜로운 낙원 안에서.
고통의 아픔을 지워버리고 춤을 추네.
매끄러운 반주에 따라 노래를 부르네.
저주와 절망을 극복한 마음의 찬미를.

질투가 사라진 은혜로운 낙원 안에서.
고통의 아픔을 싸매 버리고 춤을 추네.
기분 좋은 반주에 따라 노래를 부르네.
저주와 절망을 극복한 자유의 찬미를.

# 그대의 잔상

바람처럼 스치는 그대의 잔상은 뭘까.
아름다운 사슴의 동작처럼 자꾸 좋네.
아, 좋은 시절이 그림처럼 기억 되구나.
매우 행복하게 보내고 싶은 희망이여.

안개처럼 스치는 그대의 잔상은 뭘까.
아름다운 공작의 동작처럼 자꾸 좋네.
아, 좋은 시절이 영화처럼 기억 되구나.
아주 행복하게 보내고 싶은 소망이여.

## 좋은 생명처럼

말갛게 떠오르는 진액이 흘러 넘치네.
힘나게 하는 기력의 샘처럼 언제까지.
언제나 우리의 곁에서 좋은 생명처럼.
새로운 활력소를 가져다주는 희망이네.

말갛게 떠오르는 수액이 흘러 넘치네.
힘나게 하는 기력의 물처럼 언제까지.
언제나 우리의 옆에서 좋은 생명처럼.
새로운 활력소를 가져다주는 소망이네.

3부

---

인생

# 남북의 만남

남북이 만나 얼싸 안고 기뻐하네.
미소로 화답하며 어찌할 바 모르네.
사랑하는 이웃이여 가슴을 열어보세.
너도나도 이웃도 평화로운 손짓하네.

남북이 만나 얼싸 안고 기뻐하네.
반가운 인사로 힘차게 악수하네.
사랑하는 이웃이여 마음을 비워보세.
우리의 이웃도 점차 박수를 쳐 보이네.

남북이 만나 얼싸 안고 기뻐하네.
정겨운 말로 부드럽게 인사하네.
사랑하는 이웃이여 속을 풀어보세.
이웃도 동포도 덩실덩실 몸짓하네.

남북이 만나 얼싸 안고 기뻐하네.
부드러운 음성으로 편하게 속삭이네.
사랑하는 이웃이여 감격을 가져보세.
남북의 민족도 하나되어 노래하네.

# 4박자여 인생이여

박자마다 정감이 깃들여 노래하네.
즐거움도 그리움도 4박자여 인생이여.
괴로운 인생이랑 잊고 춤추고 싶네.
모두 함께 노래하며 춤추고 놀아보세.

박자마다 정감이 깃들여 노래하네.
아쉬움도 행복함도 4박자여 인생이여.
고달픈 인생이랑 잊고 춤추고 싶네.
모두 함께 손뼉치며 춤추고 놀아보세.

# 그리운 즐거운 시절아

뛰고 싶고 먹고 싶고 놀고 싶은데.
그리운 어린 시절아 어린 시절아.
알고 싶고 찾고 싶고 쉬고 싶은데.
즐거운 어린 시절아 어린 시절아.

뛰고 싶고 먹고 싶고 놀고 싶은데.
그리운 젊은 시절아 젊은 시절아.
알고 싶고 찾고 싶고 쉬고 싶은데.
즐거운 젊은 시절아 젊은 시절아.

# 남기고 싶어 그래

구원의 발자취를 남기고 싶어 그래.
영광의 발자취를 남기고 싶어 그래.
사랑하고 싶고 주고 싶어 멍해지네.
좋아하고 싶고 주고 싶어 멍해지네.

축복의 발자취를 남기고 싶어 그래.
명예의 발자취를 남기고 싶어 그래.
사랑하고 싶고 받고 싶어 멍해지네.
좋아하고 싶고 받고 싶어 멍해지네.

# 그날까지 기다려보네

편할 그날까지 꾹 참고 기다려보네.
머물 그날까지 꾹 참고 기다려보네.
사랑할 그날까지 영원히 기다려보네.
좋아할 그날까지 영원히 기다려보네.

가질 그날까지 꾹 참고 기다려보네.
채울 그날까지 꾹 참고 기다려보네.
올라갈 그날까지 영원히 기다려보네.
고요할 그날까지 영원히 기다려보네.

만날 그날까지 꾹 참고 기다려보네.
나눌 그날까지 꾹 참고 기다려보네.
그리울 그날까지 영원히 기다려보네.
평안할 그날까지 영원히 기다려보네.

느낄 그날까지 꾹 참고 기다려보네.
만질 그날까지 꾹 참고 기다려보네.
기뻐할 그날까지 영원히 기다려보네.
즐거울 그날까지 영원히 기다려보네.

# 선해지고 파 착해지고 파

진실을 따르자니 용서할 수 없구나.
용서를 따르자니 진실할 수 없구나.
진실하고 파, 용서하고 파, 선해지고 파.
진실하고 파, 용서하고 파, 착해지고 파.

솔직을 따르자니 관용할 수 없구나.
관용을 따르자니 솔직할 수 없구나.
솔직하고 파, 관용하고 파, 선해지고 파.
솔직하고 파, 관용하고 파, 착해지고 파.

# 꿈과 소망

삶의 의미를 어디에서 찾을 수 있나.
봐도 봐도 꿈과 소망은 멀리 떠 있네.
나무랄 수도 탓할 수도 후회할 수도.
그리할지라도 재미나게 살고 싶구나.

삶의 의미를 무엇으로 찾을 수 있나.
가도 가도 꿈과 소망은 멀리 떠 있네.
나무랄 수도 탓할 수도 후회할 수도.
그리할지라도 흥겹게 살고 싶구나.

# 언제까지

살리고 자라게 하는 생명의 신비로.
사랑으로 감싸는 유전자의 회로로.
언제까지 포근한 동질성을 가질까.
언제까지 과연 우리와 함께 할까.

만들고 늘리게 하는 생명의 신비로.
사랑으로 안기는 유전자의 회로로.
언제까지 은근한 동질성을 가질까.
언제까지 정말 우리와 함께 할까.

# 짧은 인생 긴 인생

차라리 말하고 싶네 머뭇거리고 마네.
좋은 시절을 향해 꿈꾸는 마음의 창.
차라리 가지고 싶네 머뭇거리고 마네.
짧은 인생 긴 인생 흘러가는 세월아.

차라리 말하고 싶네 머뭇거리고 마네.
좋은 시대를 향해 꿈꾸는 가슴의 창.
차라리 가지고 싶네 머뭇거리고 마네.
짧은 인생 긴 인생 따라가는 세월아.

차라리 말하고 싶네 머뭇거리고 마네.
좋은 세대를 향해 꿈꾸는 감각의 창.
차라리 가지고 싶네 머뭇거리고 마네.
짧은 인생 긴 인생 스쳐가는 세월아.

차라리 말하고 싶네 머뭇거리고 마네.
좋은 시기를 향해 꿈꾸는 감성의 창.
차라리 가지고 싶네 머뭇거리고 마네.
짧은 인생 긴 인생 지나가는 세월아.

# 생명을

천천히 일어나 천천히 다가오려무나.
가만히 속삭여 가만히 만져보려무나.
포근하고 아늑하게 느껴지는 생명을.
줄기차고 그윽하게 흘러오는 생명을.

슬며시 일어나 슬며시 다가오려무나.
은은히 속삭여 은은히 만져보려무나.
싱싱하고 탱탱하게 느껴지는 생명을.
발랄하고 아담하게 흘러오는 생명을.

사뿐히 일어나 사뿐히 다가오려무나.
즐겁게 속삭여 즐겁게 만져보려무나.
팽팽하고 간지럽게 느껴지는 생명을.
강렬하고 명랑하게 흘러오는 생명을.

조용히 일어나 조용히 다가오려무나.
기쁘게 속삭여 기쁘게 만져보려무나.
활기차고 통통하게 느껴지는 생명을.
지극하고 편안하게 흘러오는 생명을.

# 그대 모습이

섬기고 봉사하는 참된 그대 모습이.
얼마나 퍽 아름다운지 알기나 하세요.
길들인 양처럼 너무 온순한 자태에서.
나도 너도 반하고 우리 모두 반하네.

섬기고 교제하는 참된 그대 모습이.
얼마나 꽤 아름다운지 알기나 하세요.
길들인 양처럼 아주 유순한 자태에서.
나도 너도 혹하고 우리 모두 혹하네.

# 전혀 알 수 없는 저 곳

전혀 알 수 없는 미래를 아는 이에게.
내 마음을 수놓아 정말 보내고 싶어.
어둠 없는 저 곳을 향해 보내고 싶어.
간절한 소원이 이루어지길 꿈꾸면서.

전혀 알 수 없는 이상을 아는 이에게.
내 감정을 수놓아 정말 보내고 싶어.
싸움 없는 저 곳을 향해 보내고 싶어.
간절한 소망이 이루어지길 꿈꾸면서.

전혀 알 수 없는 하늘을 아는 이에게.
내 정성을 수놓아 정말 보내고 싶어.
흑암 없는 저 곳을 향해 보내고 싶어.
간절한 기원이 이루어지길 꿈꾸면서.

전혀 알 수 없는 내세를 아는 이에게.
내 성품을 수놓아 정말 보내고 싶어.
갈등 없는 저 곳을 향해 보내고 싶어.
간절한 희망이 이루어지길 꿈꾸면서.

# 세월이 막 지날지라도

떠도는 인생아 세월이 막 지날지라도.
목표를 향해 어김없이 가는 법칙에서.
우리는 새삼스럽게 역사를 따라가네.
아름답게 펼쳐진 문화의 향기가 좋네.

떠도는 영혼아 세월이 막 지날지라도.
목표를 향해 어김없이 가는 이치에서.
우리는 새삼스럽게 풍습을 따라가네.
아름답게 펼쳐진 문화의 냄새가 좋네.

## 자유의 규칙을

자꾸 생각나는 그대의 얼굴 돋보이네.
항상 같이 하고 싶은 그대를 보면서.
마음대로 살 수 없는 자유의 규칙을.
즐기고 싶네 즐기고 싶네 꿈 속에서

자꾸 생각나는 사랑의 모습 돋보이네.
항상 같이 하고 싶은 사랑을 보면서.
생각대로 살 수 없는 자유의 규칙을.
편하고 싶네 편하고 싶네 꿈 속에서.

# 햇볕 드는 양지

몸소 체험하고 갈고 닦은 숙련공처럼.
훈련해서 좋은 작품을 만들고자 하네.
너무 괴로운 시련이 앞을 가로막아도.
햇볕 드는 양지가 분명히 오고 말 거네.

몸소 경험하고 갈고 닦은 숙련공처럼.
연마해서 좋은 작품을 만들고자 하네.
너무 어려운 시련이 앞을 가로막아도.
햇볕 드는 양지가 확실히 오고 말 거네.

# 펼쳐지는 세상사

아슬하게 펼쳐지는 세상사가 아찔해.
곡예 하듯 넘어가는 인생이 가련하네.
역사와 시대가 흘러가도 추억은 남네.
가지런하게 떠오르는 지혜가 빛나네.

짜릿하게 펼쳐지는 세상사가 아찔해.
곡예 하듯 뛰어넘는 인생이 가련하네.
역사와 시대가 흘러가도 정신은 남네.
가지런하게 돌아가는 지혜가 빛나네.

# 간직한 순간

만나 헤어지는 연인도 뒤돌아보면서.
못내 아쉬워해도 돌아오지 않는 시간.
자기 여기 머물고 또 머물고 있을까.
간직한 순간이 잊혀지는 세월이 싫어.

만나 헤어지는 애인도 뒤돌아보면서.
못내 아쉬워해도 돌아오지 않는 기회.
당신 여기 머물고 또 머물고 있을까.
간직한 순간이 잊혀지는 계절이 미워.

만나 헤어지는 부부도 뒤돌아보면서.
못내 아쉬워해도 돌아오지 않는 지금.
여보 여기 머물고 또 머물고 있을까.
간직한 순간이 잊혀지는 세대가 추해.

만나 헤어지는 부모도 뒤돌아보면서.
못내 아쉬워해도 돌아오지 않는 나이.
임자 여기 머물고 또 머물고 있을까.
간직한 순간이 잊혀지는 시대가 나빠.

# 기다리는 그대

기다리는 그대의 모습이 눈에 선하네.
정말 그리움에 사무치도록 기다릴까.
정말 알 수 없지만 기다리다가 슬퍼.
오늘도 내일도 하염없이 눈물 흘리네.

기다리는 그대의 모습이 창에 선하네.
정말 정겨움에 사무치도록 기다릴까.
정말 알 수 없지만 기다리다가 지쳐.
오늘도 내일도 하염없이 야속해하네.

# 사랑하면서 즐거워할지라도

사랑하면서 좋아하고 즐거워할지라도
흩어지는 산란한 정신의 혼란 앞에서
나도 모르게 스며드는 엉뚱한 생각이
여기 저기서 터지지만 빌면 회복되네.

사랑하면서 기뻐하고 즐거워할지라도
흩어지는 심난한 정신의 혼란 앞에서
나도 모르게 스며드는 엉뚱한 상상이
여기 저기서 터지지만 쉬면 회복되네.

사랑하면서 포옹하고 즐거워할지라도
흩어지는 고독한 정신의 혼란 앞에서
나도 모르게 스며드는 엉뚱한 잡념이
여기 저기서 터지지만 자면 회복되네.

사랑하면서 입맞추고 즐거워할지라도
흩어지는 산란한 정신의 혼란 앞에서
나도 모르게 스며드는 엉뚱한 마음이
여기 저기서 터지지만 놀면 회복되네

## 세상을 조명할 때

나이 들어 세상을 조명할 때 은은함이.
많은 추억은 꽉 나를 사로잡을지라도.
온전한 평화를 가꾸기에는 힘이 딸려.
세상을 관조하면서 바라다볼 뿐이지.

나이 들어 세상을 조명할 때 은근함이.
많은 추억은 꽉 너를 사로잡을지라도.
온전한 평화를 만들기에는 힘이 딸려.
세상을 관망하면서 바라다볼 뿐이지.

## 삶의 지혜

갖출 것을 다 갖추어도 너무 힘든 삶.
인생의 짐을 혼자 지고 가기란 벅차.
모두 함께 나누고 가는 삶의 지혜로.
가벼운 발걸음을 슬쩍 옮기고자 하네.

만들 것을 다 만들어도 너무 힘든 삶.
생활의 짐을 홀로 지고 가기란 벅차.
서로 함께 나누고 가는 삶의 지혜로.
은근한 발걸음을 슬쩍 옮기고자 하네.

## 이제 그만 이제 그만

아름다운 님아 배반의 늪에서 나와라.
거기는 독사 같은 소굴이 있는 곳이야.
젊음을 내기로 보낸다면 너무 아까워.
암흑의 광기는 이제 그만 이제 그만.

아리따운 님아 배신의 늪에서 나와라.
거기는 이리 같은 소굴이 있는 곳이야.
청춘을 내기로 보낸다면 너무 불쌍해.
흑암의 광분은 이제 그만 이제 그만.

재미있는 님아 반역의 늪에서 나와라.
거기는 늑대 같은 소굴이 있는 곳이야.
지력을 내기로 보낸다면 너무 처량해.
어둠의 날뜀은 이제 그만 이제 그만.

보고싶은 님아 의혹의 늪에서 나와라.
거기는 여우 같은 소굴이 있는 곳이야.
정력을 내기로 보낸다면 너무 서글퍼.
타락의 열광은 이제 그만 이제 그만.

## 그대의 갈망

물로 채울 수 없는 그대의 갈망이여.
불로 채울 수 없는 그대의 갈망이여.
은근한 사랑으로 나누고 싶은 정이여.
들뜬 가슴을 진정시키고 똑바로 알라.


물로 담을 수 없는 그대의 갈망이여.
불로 담을 수 없는 그대의 갈망이여.
은은한 사랑으로 나누고 싶은 정이여.
들뜬 마음을 진정시키고 똑바로 알라.

# 왜 아쉬워질까

타오르다 만 촛불처럼 왜 아쉬워질까.
잠시라도 멈출 수 없는 폭포수 앞에서.
님과 함께 자주 손잡고 뛰놀고 싶어라.
모여드는 군중 앞에서 뽐내고 싶어라.

타오르다 만 정열처럼 외 아쉬워질까.
잠시라도 멈출 수 없는 숨소리 앞에서.
님과 함께 자주 보듬고 뛰놀고 싶어라.
찾아오는 손님 앞에서 뽐내고 싶어라.

# 오늘도 내일도

가느다란 희망을 품고 지금도 버티네.
오늘도 내일도 흔들리지 않고 버티네.
아름다운 꿈을 찾아 끈기 있게 버티네.
사랑의 그날이 올 때까지 꾹 참아보네.

가느다란 계시를 품고 지금도 버티네.
오늘도 내일도 갈등하지 않고 버티네.
아름다운 꿈을 찾아 용기 있게 버티네.
진리의 새날이 올 때까지 꾹 참아보네.

## 너도나도 언젠가

숨지만 언제까지 은둔할 수 없을 거야.
홀로 살 수 없는 그리움의 인생이니까.
너도나도 언젠가 합쳐 하나를 이루고.
물처럼 샘처럼 생명이 흘러 넘칠 거야.

숨지만 언제까지 피신할 수 없을 거야.
홀로 살 수 없는 포근함의 인생이니까.
너도나도 언젠가 합쳐 소망을 이루고.
숲처럼 산처럼 생명이 흘러 넘칠 거야.

# 꿈의 영상과 소리

아찔하게 떠오르는 꿈의 영상과 소리.
현실로 다가온다면 엄청난 파문일거야.
생각이 꿈으로 나타나면 참 좋아지네.
생각도 못한 꿈이 나타나면 나빠지네.

아찔하게 연상되는 꿈의 영상과 소리.
현실로 다가온다면 심각한 파문일거야.
생각이 꿈으로 나타나면 참 기뻐지네.
생각도 못한 꿈이 나타나면 슬퍼지네.

# 손발을 흔들면서

오르고자 하면 힘들어도 매우 상쾌해.
걸어보자 아름다운 산을 향해 가볍게.
손발을 흔들면서 기분을 즐겁게 하세.
항상 반복되는 인생아 평안히 보내세.

오르고자 하면 힘들어도 아주 유쾌해.
걸어보자 평화로운 산을 향해 가볍게.
손발을 흔들면서 기분을 기쁘게 하세.
항상 지속되는 인생아 조용히 보내세.

오르고자 하면 힘들어도 정말 행복해.
걸어보자 싱그러운 산을 향해 가볍게.
손발을 흔들면서 기분을 새롭게 하세.
항상 계속되는 인생아 아늑히 보내세.

오르고자 하면 힘들어도 너무 상쾌해.
걸어보자 정다워진 산을 향해 가볍게.
손발을 흔들면서 기분을 뜨겁게 하세.
항상 연속되는 인생아 포근히 보내세.

# 고생이 되더라도

상쾌한 기분으로 걸으면서 노래하네.
아름다운 인생이 저 편에 펼쳐지리라.
고생이 되더라도 저 언덕을 넘어보세.
아, 거기에 소망찬 평화의 길이 있네.

유쾌한 기분으로 걸으면서 노래하네.
아름다운 터전이 저 편에 펼쳐지리라.
고생이 되더라도 저 산길을 넘어보세.
아, 거기에 소망찬 행복의 길이 있네.

명쾌한 기분으로 걸으면서 노래하네.
아름다운 환경이 저 편에 펼쳐지리라.
고생이 되더라도 저 목표를 넘어보세.
아, 거기에 소망찬 성공의 길이 있네.

경쾌한 기분으로 걸으면서 노래하네.
아름다운 강산이 저 편에 펼쳐지리라.
고생이 되더라도 저 정상을 넘어보세.
아, 거기에 소망찬 안식의 길이 있네.

# 부지런하게 살다보면

어떻게 살아온 인생인데 갈등이 오지.
원망해도 소용이 없는 절망감이 오네.
그러할지라도 용기를 잃지 말고 뛰자.
부지런하게 살다보면 좋은 때가 오지.

어떻게 살아온 인생인데 시험이 오지.
실망해도 소용이 없는 절망감이 오네.
그러할지라도 희망을 잃지 말고 뛰자.
부지런하게 살다보면 기쁜 때가 오지.

# 나날이 자라나는 모습

너그럽게 그 길을 평안한 마음으로
구김살 없이 자라난 해맑은 아기처럼.
오로지 순박한 놀이에 빠진 얼굴이야.
나날이 자라나는 모습이 희망을 주네.

너그럽게 그 길을 행복한 마음으로
구김살 없이 자라난 진솔한 아기처럼.
오로지 소박한 놀이에 빠진 얼굴이야.
나날이 자라나는 모습이 소망을 주네.

너그럽게 그 길을 즐거운 마음으로
구김살 없이 자라난 깨끗한 아기처럼.
오로지 순수한 놀이에 빠진 얼굴이야.
나날이 자라나는 모습이 기쁨을 주네.

너그럽게 그 길을 산뜻한 마음으로
구김살 없이 자라난 진실한 아기처럼.
오로지 수수한 놀이에 빠진 얼굴이야.
나날이 자라나는 모습이 환상을 주네.

4부

_____

행복

# 꿈과 만남

날마다 떠오르는 그리운 너의 잔상.
날마다 거울에 비춰보는 나의 얼굴.
가득한 꿈을 안고 거리를 활보하네.
확실한 만남으로 좋은 관계를 맺자.

날마다 떠오르는 포근한 너의 잔상.
날마다 거울에 비춰보는 나의 모습.
희망찬 꿈을 안고 거리를 활보하네.
성실한 만남으로 좋은 관계를 맺자.

# 감사와 축복

비록 부족해도 사랑으로 감싸주세.
너무 욕심부리지 말고 잘살아가세.
마음과 마음으로 뜨겁게 사랑하네.
감사와 축복으로 정겹게 잔치하네.

비록 초라해도 사랑으로 감싸주세.
너무 몸부림치지 말고 잘살아가세.
마음과 마음으로 강하게 사랑하네.
감사와 축복으로 흥겹게 잔치하네.

## 배우처럼 등대처럼

새로이 떠오르는 혜성 같은 배우처럼.
길게 늘어뜨린 치마처럼 아름답구려.
소망의 등대처럼 파도를 멀리 하네.
길다랗게 펼쳐지는 환상의 공간이여.

포근히 다가오는 잔디 같은 배우처럼.
밝게 가득 채운 풍선처럼 아름답구려.
소망의 등대처럼 황혼을 멀리 하네.
길다랗게 펼쳐지는 환희의 공간이여.

## 우리 모두 함께 함께

타오르는 불꽃처럼 멋진 축제의 기쁨.
언제나 밝게 행복하게 비춰주려무나.
나 거기서 너를 바라보면서 기다리네.
우리 모두 함께 함께 즐겁게 보내세.

타오르는 불꽃처럼 멋진 사랑의 기쁨.
언제나 밝게 행복하게 비춰주려무나.
너 거기서 나를 바라보면서 기다리네.
우리 모두 함께 함께 즐겁게 보내세.

# 아름다운 미래

갈 길을 찾아 헤맬 때 가느다란 빛이.
떠오르는 상상의 나래를 펴 바라보네.
아름다운 미래를 꿈꾸고 사랑해보네.
아름다운 내일을 꿈꾸고 사랑해보네.

갈 길을 찾아 헤맬 때 샛별 같은 빛이.
떠오르는 환상의 나래를 펴 바라보네.
아름다운 미래를 꿈꾸고 좋아해보네.
아름다운 내일을 꿈꾸고 좋아해보네.

갈 길을 찾아 헤맬 때 희망 섞인 빛이.
떠오르는 이상의 나래를 펴 바라보네.
아름다운 미래를 꿈꾸고 즐거워하네.
아름다운 내일을 꿈꾸고 즐거워하네.

갈 길을 찾아 헤맬 때 보석 같은 빛이.
떠오르는 동경의 나래를 펴 바라보네.
아름다운 미래를 꿈꾸고 행복해하네.
아름다운 내일을 꿈꾸고 행복해하네.

# 낮고 좁은 길

높은 자리를 향해 뛰는 이여 섬겨라.
넓은 자리를 향해 뛰는 이여 섬겨라.
섬기고 봉사하는 이에게 복이 있어라.
낮고 좁은 길에 고운 봉사가 있어라

높은 위치를 향해 뛰는 이여 섬겨라.
넓은 위치를 향해 뛰는 이여 섬겨라.
섬기고 충성하는 이에게 복이 있어라.
낮고 좁은 길에 예쁜 봉사가 있어라.

높은 목표를 향해 뛰는 이여 섬겨라.
넓은 목표를 향해 뛰는 이여 섬겨라.
섬기고 노력하는 이에게 복이 있어라.
낮고 좁은 길에 착한 봉사가 있어라.

높은 설계를 향해 뛰는 이여 섬겨라.
넓은 설계를 향해 뛰는 이여 섬겨라.
섬기고 근면하는 이에게 복이 있어라.
낮고 좁은 길에 좋은 봉사가 있어라.

# 아름다운 그대 모습

지나칠 때 지나치더라도 반짝 웃어라.
슬며시 다가오는 그대의 웃음이 좋아.
아름다운 그대 모습이 영원하길 바래.
아, 즐거운 환희의 만남으로 행복 하세.

 지나칠 때 지나치더라도 활짝 웃어라.
슬며시 찾아오는 그대의 미소가 좋아.
아름다운 그대 모습이 무궁하길 바래.
아, 강렬한 희열의 만남으로 행복 하세.

지나칠 때 지나치더라도 방긋 웃어라.
슬며시 비춰지는 그대의 얼굴이 좋아.
아름다운 그대 모습이 깊어지길 바래.
아, 포근한 사랑의 만남으로 행복 하세.

지나칠 때 지나치더라도 싱긋 웃어라.
슬며시 불어오는 그대의 느낌이 좋아.
아름다운 그대 모습이 새겨지길 바래.
아, 찬란한 기쁨의 만남으로 행복 하세.

# 샘의 근원

가까이 할 수 없는 차가운 님이라도.
행복한 샘의 근원이 거기에 남아있네.
누가 마음을 자상하게 알 수 있으리요.
우리는 함께 가야 할 동반자요 친구라.

가까이 할 수 없는 허약한 님이라도.
평안한 샘의 근원이 거기에 남아있네.
누가 사랑을 자상하게 알 수 있으리요.
우리는 함께 해야 할 보호자요 친구라.

# 행복을 주고자

세파에 찌든 아주머니는 너의 벗이네.
오늘도 차디찬 곳을 따뜻하게 해주네.
행복을 책임지는 억척스러운 손길일까.
내일도 따뜻한 행복을 주고자 고생해.

세파에 찌든 아주머니는 나의 벗이네.
오늘도 차디찬 곳을 포근하게 해주네.
행복을 책임지는 억척스러운 발길일까.
내일도 포근한 행복을 주고자 고생해.

# 새로워지는 향기

나날이 나아지는 소녀의 모습을 보고.
 그윽한 향기에 도취되고 마는 우리들.
속물처럼 왜 이다지 그리워지는 걸까.
나날이 새로워지는 향기가 좋은 걸까.

나날이 나아지는 소녀의 얼굴을 보고.
그윽한 향기에 도취되고 마는 신사들.
속물처럼 왜 이다지 즐거워지는 걸까.
나날이 새로워지는 향기가 진한 걸까.

## 내 품으로 껴안으면서

광활한 세계를 내 품으로 껴안으면서.
온전한 행복을 먼저 차지하고 싶어라.
평화와 자유와 평등이 있는 기분으로.
영원히 만나서 그리움을 나누고 싶네.

 광활한 대지를 내 품으로 껴안으면서.
온전한 기쁨을 먼저 차지하고 싶어라.
평화와 자유와 평등이 있는 마음으로.
영원히 만나서 즐거움을 나누고 싶네.

## 생명의 기쁨으로

스쳐도 만져도 그렇게 황홀하지 않아.
키스해도 포옹해도 퍽 황홀할 수 없어.
황홀한 만족은 즐거운 순간일 뿐이네.
영원한 만족은 생명의 기쁨으로 오네.

스쳐도 만져도 그렇게 채워지지 않아.
키스해도 포옹해도 퍽 채워질 수 없어.
채워진 만족은 즐거운 순간일 뿐이네.
완전한 만족은 생명의 기쁨으로 오네.

# 사랑의 손길로

잔잔하게 미소를 머금은 그녀의 모습.
언제나 곁에서 포근하게 꿈을 꾸어라.
맑고 환하게 아름다운 행복을 찾아라.
사랑의 손길로 어루만지면서 살아라.

부드럽게 미소를 머금은 그녀의 모습.
언제나 곁에서 아늑하게 꿈을 꾸어라.
밝고 환하게 아름다운 만족을 찾아라.
사랑의 손길로 어루만지면서 지내라.

온유하게 미소를 머금은 그녀의 모습.
언제나 곁에서 순수하게 꿈을 꾸어라.
곱고 환하게 아름다운 행복을 찾아라.
사랑의 손길로 어루만지면서 보내라.

진지하게 미소를 머금은 그녀의 모습.
언제나 곁에서 편안하게 꿈을 꾸어라.
좋고 환하게 아름다운 행복을 찾아라.
사랑의 손길로 어루만지면서 쉬어라.

# 꿈꾸는 열망

스쳐 가는 가느다란 마음의 추억이여.
누구나 겪은 크고 작은 경험의 차이로.
유쾌하게 꿈꾸는 열망이 새로워지네.
나날이 갈망하면서 소식으로 채워지네.

스쳐 가는 가느다란 가슴의 추억이여.
누구나 겪은 크고 작은 체험의 차이로.
활기차게 꿈꾸는 열망이 새로워지네.
언제나 갈망하면서 소식으로 채워지네.

# 누구도 몰라

밝은 미래는 우리의 것 누구도 몰라.
갈망한 목표를 성취하면서 환호하네.
비록 부족한 우리일지라도 행복하네.
인생을 마칠 그 때도 여전히 꿈꾸네.

고운 미래는 우리의 것 누구도 몰라.
열망한 목표를 성취하면서 환호하네.
조금 부족한 우리일지라도 행복하네.
인생을 마칠 그 때도 꾸준히 꿈꾸네.

환한 미래는 우리의 것 누구도 몰라.
사모한 목표를 성취하면서 환호하네.
역시 부족한 우리일지라도 행복하네.
인생을 마칠 그 때도 슬며시 꿈꾸네.

힘찬 미래는 우리의 것 누구도 몰라.
진정한 목표를 성취하면서 환호하네.
약간 부족한 우리일지라도 행복하네.
인생을 마칠 그 때도 그윽이 꿈꾸네.

5부

---

자연

# 봄 여름 가을 겨울

봄~ 봄~ 봄~ 묘향산에 피어나네.
여름 여름 여름 백두산에 펼쳐지네.
가을 가을 가을 금강산에 물들어지네.
겨울 겨울 겨울 설악산에 맺혀지네.

봄~ 봄~ 봄~ 서울에서 피어나네.
여름 여름 여름 해변에서 펼쳐지네.
가을 가을 가을 평양에서 물들어지네.
겨울 겨울 겨울 부산에서 맺혀지네.

봄~ 봄~ 봄~ 처녀에게 피어나네.
여름 여름 여름 장년에게 펼쳐지네.
가을 가을 가을 총각에게 물들어지네.
겨울 겨울 겨울 청년에게 맺혀지네.

봄~ 봄~ 봄~ 풀꽃에서 피어나네.
여름 여름 여름 나무에서 펼쳐지네.
가을 가을 가을 짐승에서 물들어지네.
겨울 겨울 겨울 바위에서 맺혀지네.

# 저 곳을 향해

밝고 환한 저 곳을 향해 손짓해보네.
맑고 순한 저 곳을 향해 발짓해보네.
아름다운 하늘과 땅은 님을 부르는데.
아름다운 산과 바다는 님을 부르는데.

높고 환한 저 곳을 향해 손짓해보네.
넓고 순한 저 곳을 향해 발짓해보네.
조화로운 하늘과 땅은 님을 부르는데.
조화로운 산과 바다는 님을 부르는데.

# 하늘과 바다

높은 하늘과 넓은 바다를 바라보세.
푸른 산과 파란 강 그리고 보금자리.
시원한 바람 바람 산뜻한 우리의 맛.
시원한 바람 바람 사뿐한 우리의 멋.

밝은 하늘과 맑은 바다를 바라보세.
푸른 숲과 파란 샘 그리고 보금자리.
시원한 향기 향기 산뜻한 우리의 맛.
시원한 향기 향기 사뿐한 우리의 멋.

좋은 하늘과 순한 바다를 바라보세.
푸른 들과 파란 못 그리고 보금자리.
시원한 바람 바람 싱싱한 우리의 맛.
시원한 바람 바람 그윽한 우리의 멋.

연한 하늘과 깊은 바다를 바라보세.
푸른빛과 파란색 그리고 보금자리.
시원한 향기 향기 짜릿한 우리의 맛.
시원한 향기 향기 은은한 우리의 멋.

# 낮과 밤

젊고 아름다운 나무들아 갈하려무나.
푸르고 깨끗한 강들아 노래하려무나.
싱싱한 과일아 우리를 반겨주려무나.
낮과 밤은 춤출 때를 따로 마련하네.

젊고 아름다운 청춘들아 말하려무나.
푸르고 깨끗한 애들아 노래하려무나.
싱싱한 모델아 우리를 반겨주려무나.
낮과 밤은 즐길 때를 따로 마련하네.

젊고 아름다운 화초들아 말하려무나.
푸르고 깨끗한 샘들아 노래하려무나.
싱싱한 이슬아 우리를 반겨주려무나.
낮과 밤은 맺힐 때를 다로 마련하네.

젊고 아름다운 처녀들아 말하려무나.
푸르고 깨끗한 님들아 노래하려무나.
싱싱한 미인아 우리를 반겨주려무나.
낮과 밤은 꾸밀 때를 따로 마련하네.

# 겨울바람이 오기 전에

낙엽이 지는 쓸쓸한 가을의 단풍아.
거칠고 매서운 겨울바람이 오기 전에.
아늑한 보금자리를 마련 하고파 떨지.
세월아 그리운 세월아 말없는 세월아.

곡식이 여문 풍요한 가을의 들녘아.
거칠고 매서운 겨울바람이 오기 전에.
배부른 살림살이를 마련 하고파 떨지.
세월아 그리운 세월아 말없는 세월아.

과일이 달린 오붓한 가을의 동산아.
거칠고 매서운 겨울바람이 오기 전에.
맛있는 식탁쟁반을 마련 하고파 떨지.
세월아 그리운 세월아 말없는 세월아.

구름이 높은 시원한 가을의 하늘아.
거칠고 매서운 겨울바람이 오기 전에.
고상한 정신세계를 마련 하고파 떨지.
세월아 그리운 세월아 말없는 세월아.

# 아침에 공기를

고요한 아침에 새로운 공기를 마시네.
하나 둘 구호 속에서 우정은 싹트네.
갈 길을 재촉하면서 씩씩하게 다니네.
자유로운 공간에서 규칙적으로 노네.

산뜻한 아침에 해맑은 공기를 마시네.
하나 둘 구호 속에서 교제는 싹트네.
갈 길을 바라보면서 활기차게 다니네.
자유로운 장소에서 법칙적으로 노네.

힘나는 아침에 깨끗한 공기를 마시네.
하나 둘 구호 속에서 기력은 싹트네.
갈 길을 찾아가면서 늠름하게 다니네.
자유로운 동산에서 규율적으로 노네.

상쾌한 아침에 시원한 공기를 마시네.
하나 둘 구호 속에서 박력은 싹트네.
갈 길을 응시하면서 사뿐하게 다니네.
자유로운 강가에서 박자적으로 노네.

# 다정한 사랑의 연인아

외로움을 달래고자 산으로 산책하네.
그리움을 느끼고자 해변으로 구경가네.
시원한 산과 해변으로 놀러 가는 그대.
너무 다정한 사랑의 연인아 춤추거라.

고독함을 달래고자 산으로 올라가네.
포근함을 느끼고자 해변으로 달려가네.
산뜻한 산과 해변으로 쉬러 가는 그대.
매우 다정한 사랑의 연인아 꿈꾸거라.

# 반짝이는 별 하나

반짝이는 별 하나가 우리를 환호하네.
좋은 노래로 정든 감정을 나타내면서.
밝은 미소로 서로 너무나 그리워하네.
언젠가 합쳐서 아름답게 영원히 살리.

반짝이는 별 하나가 기쁨을 환호하네.
좋은 춤으로 정든 감정을 나타내면서.
밝은 미소로 서로 너무나 그리워하네.
언젠가 합쳐서 편안하게 영원히 살리.

반짝이는 별 하나가 사랑을 환호하네.
좋은 대화로 정든 감정을 나타내면서.
순한 미소로 서로 너무나 그리워하네.
언젠가 합쳐서 아늑하게 영원히 살리.

반짝이는 별 하나가 영광을 환호하네.
좋은 편지로 정든 감정을 나타내면서.
고운 미소로 서로 너무나 그리워하네.
언젠가 합쳐서 활기차게 영원히 살리.

# 멀거나 가까이

공이 직선으로 곡선으로 2중 곡선으로.
나르고 날아라 멀거나 가까이 날아라.
흰 공을 숙달된 폼으로 주고받아라.
라라랄 라라랄 즐겁게 손발을 흔들라.

공이 직선으로 곡선으로 복합곡선으로.
힘차게 날아라 멀거나 가까이 날아라.
흰 공을 안정된 폼으로 주고받아라.
라라랄 라라랄 흥겹게 손발을 흔들라.

공이 직선으로 곡선으로 커브곡선으로.
멋있게 날아라 멀거나 가까이 날아라.
흰 공을 재빠른 폼으로 주고받아라.
라라랄 라라랄 놀랍게 손발을 흔들라.

공이 직선으로 곡선으로 시차곡선으로.
재주껏 날아라 멀거나 가까이 날아라.
흰 공을 활기찬 폼으로 주고받아라.
라라랄 라라랄 가볍게 손발을 흔들라.

# 저 산과 바다로

차라리 가버리고 싶어서 몸부림치네.
너무 외로운 자신이 초라하게 보이네.
삭막한 세상을 잊고자 저 산과 바다로.
마구 즐겁게 먹고 마시는 기분이 좋네.

차라리 떠나가고 싶어서 몸부림치네.
너무 서글픈 자신이 초라하게 보이네.
삭막한 거리를 잊고자 저 산과 바다로.
자꾸 즐겁게 먹고 마시는 기분이 좋네.

## 하늘을 바라보며

자유로운 하늘을 바라보며 기뻐하네.
놀라우리만큼 환하고 푸르게 스며오네.
이 기분을 두고두고 기억해 그려보세.
바람직한 미래를 만들어 남기고 싶네.

평화로운 하늘을 바라보며 기뻐하네.
놀라우리만큼 하얗고 푸르게 스며오네.
이 광경을 두고두고 기억해 그려보세.
바람직한 그림을 만들어 남기고 싶네.

현대시

## 하늘의 하늘의 하늘아

너는 너에게 좀처럼 대답을 할 수 없겠지.
종말의 시점도 모르는 우리의 인생이
얼마나 귀하다고 자존심에 매달려.
꼼짝도 못하는 갇힌 새처럼,
그리운 님이 있는지 땅에서 아무리 소리쳐봐도,
늙은 개 한 마리 어슬렁어슬렁 지나가네.
머지 않아 우리의 목표를 알려줄 메시지가 오길,
고대하는 어린이처럼,
무한한 경지의 미지의 상상을 해보자.
흐르는 강물이 또 흐르고 흘러서,
바다가 되고 구름이 될지라도,
강물이 변해 무엇이 되었을까?
미미한 우리의 존재가 기이하게,
교만할 수도 겸손할 수도 없어서 답답하네.
하늘아 대답해다오.
목마른 사슴이 헐레벌떡 샘물을 찾아 헤매도,
하늘의 하늘아 대답해다오.
어린양이 한가롭게 풀을 뜯네.
하늘의 하늘의 하늘아 대답해다오.

# 체제의 체제의 체제야

체제는 멈추지 않는 시계처럼 시대에 따라 진행하네.
조직과 제도 속에서 얼마나 많은 희생의 피가
변화를 재촉했는지 눈물이 앞을 가리네.
체제가 아무리 클지라도 하늘보다 크겠니,
체제가 아무리 작을지라도 세포보다 작겠니.
우리가 바보가 아닌 이상 멋대로 사는 짓을
하지 않을 거야.
체제의 체제는 현대에서 이해하기가 쉽지만
체제의 체제의 체제는 현대에서 이해할 수 없는
미래의 힘이 작용하네.
내적으로 강한 체제를 가질 것인가,
외적으로 강한 체제를 가질 것인가?
고뇌에 찬 지성에서 정말 명쾌한 문제의 해결이
이루어질는지 모르겠소.
그러나 세월이 흘러가면 차차 해결이 되리라
확신하면서,
오늘도 안심하고 평안하게 살아가는 지혜가
얼마나 소중한지 새삼 느껴요.
간절히 소망하는 평화와 행복은 여기 저기
알알이 맺혀 덩실덩실 저절로 춤을 추는 것 같은
기분을 주네.
너무 좋아 너무 좋아.
우리는 이제 죽는다 해도 한이 없겠네.

살맛 나는 세상이 승화되어
좋은 참된 세상이 구현되길 바라지만
얼마나 많은 고생이 따르게 될는지 누구도 몰라요.
숨을 쉬는 한 멋있게 살아야지.
존재와 구조의 의미를
자세히 알 수 없을지라도
지도자의 현명한 지배와 봉사가 이 땅에 있길 바라네.

# 세포의 세포의 세포야

유전자는 생명의 원천에서 시작하는지.
어찌나 세밀하게 짝지어 있는지 참 아리송하네.
너 얼마나 작은 거냐?
세포의 세포의 세포야.
건강한 삶을 보장해도 인간의 수명은 120살이라는데.
얼마나 오래 살아야 만족하고 만족하겠니.
삶의 비밀이 벗겨지는 순간 아찔하게 느낄 거야.
아무리 파고 파도 비밀이 또 비밀을 만드네.
세포를 이루는 물질에 얼마나 생명이 들어가 있을까?
궁리해봐도 어려운 결론에 도달하고 마네.
발달의 속도가 붙어 너무나 빨리 변한다 해도.
고마운 특권을 받은 인간이여,
얼마나 좋은 생명인지 세월이 갈수록 새삼 느끼지만,
가도 가도 끝이 없는 인생의 행로도 이제 끝나겠지.
마지막 숨을 몰아쉬면서 하는 말은
다시 사는 희망의 믿음이야.
우리의 곁에서 영원히 함께 할 동반자는
여전히 거기에 있고,
힘이 있든지 없든지 가장 귀하게 여기는 생명은
줄기차게 이어질 거야.
누가 뭐라 해도 이끌리는 대로 이어질 거야.

# 아름다운 그리움

지은이 : 윤영준
펴낸이 : 박대용
편집 : 최선영, 임혜란
펴낸 곳 : 도서출판 등불
주소 : 서울시 마포구 합정동 426-1
전화 : (02)3143-2757

ISBN 89-8028-062-9-03810